Princesse Data

RABBIN DES BOIS

Princesse Data

Éditions
de La Martinière

Couverture : Alexander Ward
Photo de couverture : © Ben Berzerker
Photo d'auteur : © Newin Bokhari

ISBN : 978-2-7324-9002-1

Rédemption

Cher Dieu,

Moi, ou la société ?

Lequel des deux vais-je tuer en premier ?

Je suis de plus en plus mal dans ma peau et dans ma tête, mais j'espère avoir enfin trouvé la recette pour m'échapper.

Une autodestruction va s'enclencher, plus qu'une seule question à régler : moi, ou la société ?

Lequel des deux vais-je suicider en premier ?

Probablement moi, étant donné que la société ne perd jamais.

D'ailleurs elle me l'a fait comprendre il y a quelques années. En 2017, j'ai volé les données de Sciences Po Paris puis j'ai averti la direction pour les aider à rectifier leur faille de sécurité.

Mon action était bienveillante. Je voulais les aider. Mais au lieu d'être remercié, je me suis pris en livraison J + 1 la venue d'une demi-douzaine de Mangemorts du Ministère de l'Intérieur. Pas très Charlie.

Après mon arrestation, j'ai développé une relation quasi amicale avec l'agent de la DGSI qui m'espionne « secrètement » tous les jours.

Je ne le vois pas, il voit tout.

Je ne l'entends pas, il entend tout.

Je ne sais rien, il sait tout.

Parfois je lance des séries de recherches Google non homologuées pour le divertir et le déstabiliser, du genre :

« Un rapport est-il un rat porc ? »

« Les tétons sont-ils comestibles ? »

« Est-ce grave de voter à gauche ? »

C'est grave.

Lorsque je foulais ce matin la tayalet de Tel-Aviv, la promenade des Anglais de l'Orient, je me suis dit que c'était un bon moment pour T'écrire à nouveau.

Très Charlie.

Au départ, tout ce que je souhaitais dans ma

première lettre qui T'était adressée, c'était une femme, une île, deux chiens que j'aurais appelés Cooper et Routeur, et un chat, Aristo.

Mais quitte à ce qu'on me prenne la vie, autant la perdre en beauté.

L'année fut longue, Seigneur, très longue, fastidieuse et fade à tel point que je me suis demandé si je n'allais pas devenir gilet jaune tellement je me faisais chier. Paris est devenue presque trop chaotique à mon goût, c'est dire, il y a comme un arrière-goût de sang et de cendres qui enivre ses rues, si seulement je pouvais aider ces gens-là, participer, apporter ma pierre à l'édifice ou mon pixel à leurs écrans. Malheureusement, l'affaire avec Sciences Po ayant abouti à l'arrestation complète et homologuée de ma personne, j'ai dû patienter, comme un bon citoyen, afin de pouvoir récupérer mes effets personnels confisqués lors de ma perquisition, et plus les mois passaient, plus l'attente devenait insoutenable.

J'ai dû attendre près d'une année avant de retrouver les téléphones, disques durs, clés USB et différents ordinateurs qui m'avaient été saisis.

Problématique, pour plusieurs raisons. La première, c'est comme s'ils m'avaient dérobé ma poule aux œufs d'or. Tous mes logiciels, mes scripts, mes bases de données, mes mots de passe, mes logs, mes moyens de discussion avec mes contacts, ainsi que mes futurs plans se sont évaporés, du jour au lendemain. La seconde, malheureusement, concerne mon futur dans ce beau milieu qu'est le cybercrime. Règle numéro 1 : ne jamais se faire prendre ; et j'ai échoué lamentablement. C'est peut-être un mal pour un bien, si on tient compte de la menace de mort que j'ai reçue de la part de mes anciens associés numériques. Il faut savoir s'arrêter lorsqu'on est gagnant, et tant qu'on ne me retrouve pas suicidé de deux balles dans le dos avec une lettre manuscrite écrite maladroitement, dans un style médiocre, je suis gagnant. Qui plus est, je n'ai aucune envie de revoir la police. 6 heures du matin c'est quand même très tôt, ou très tard en fonction de ta relation avec Morphée. Toujours est-il qu'au matin du nouvel an juif, pour un juif, c'est pas vraiment idéal comme arrestation.

Mais bon, c'est de bonne guerre, c'est ce qu'on m'a dit.

Le jour tant attendu où j'ai enfin pu récupérer mon dû, mon butin, j'avais passé mon temps à errer dans le Tribunal de Grande Instance de Paris. Je déteste cet endroit, il donne l'impression d'avoir été bâti dans l'unique but de vous pousser au suicide. De chaque étage vous pouvez contempler le sol du bâtiment, au rez-de-chaussée, comme si, face à la justice imminente, l'unique solution était l'appel du vide. Plus je me penchais sur la rambarde et plus je me demandais si j'avais peur de tomber ou peur de sauter.

– Monsieur Cohen !

Enfin, l'Homme à la Clef. Celui qui allait ouvrir cette putain de porte menant tout droit à la caverne d'Ali Baba 2.0 du Ministère de l'Intérieur. Elle contient la quasi-totalité des objets saisis par la brigade « Cyber » qui opère dans tout Paris.

L'Homme à la Clef ouvre d'abord une première porte, elle donne sur une salle d'attente, ma salle d'attente, il salue sa collègue puis s'aventure dans une nouvelle pièce, contrée qui restera inexplorée pour ma part, tristement. Ma salle d'attente, quel charme : trois chaises à mousse bleue infâme, alignées face à un bureau en surélévation pour marquer l'autorité de la personne qui se trouve derrière sur vous, simple moldu, face à cette suprême institution qu'est la Justice. Et qui de mieux pour l'incarner qu'une dame, cette charmante personne un peu âgée avec ses lunettes de mère-grand. Assise confortablement dans son trône, une chaise conforme au budget rachitique de l'État, elle règne, sourcils froncés, sur sa salle d'attente.

– Pourquoi vous êtes là, vous ?

Interaction sociale non sollicitée, agressivité vocale détectée, malaise.

– Eh ! Quelle section vous êtes ?

Une réponse est nécessaire :

– F 1.

– Ah, ça veut jouer les pros de l'informatique ! Alors, on fait des bêtises sur son ordinateur ? Allez, attendez là !

J'ai presque cru qu'elle allait finir sa phrase par un « Jeune con ! ». Moi qui l'adorais avant qu'elle ouvre la bouche, quel dommage… Si elle me prend de haut, c'est qu'elle doit connaître par cœur les différents profils qui s'engagent dans sa salle d'attente miteuse. Elle sait que F 1, c'est section Cybercriminalité, et ainsi elle peut piétiner toutes les normes et conventions classiques de respect avec moi. Au moins, j'ai désormais une bonne raison pour enjamber la rambarde lorsque j'aurai quitté cette salle d'attente.

Un long silence s'installe. La dame se remet à travailler, les yeux plissés, elle se concentre sur son écran, puis regarde son clavier avec attention. Quand il s'agit de presser les touches, elle cherche les lettres et n'utilise que ses index. Mon Dieu, quelle souffrance.

Pourquoi l'Homme à la Clef met-il autant de temps ? La salle du butin est-elle aussi grande que ça ? Est-il confronté à une infinité de trésors ? Doit-il lutter pour respirer sous une avalanche d'ordinateurs ?

Je me demande si cette dame, cette gargouille postée devant l'antichambre d'un trésor numérique, est au courant de la potentielle valeur monétaire des objets qui se situent dans la pièce derrière elle. Je me demande si elle sait qu'en attrapant deux, trois ordinateurs par-ci, trois, quatre clés USB par-là, et une dizaine de disques durs, elle pourrait changer sa vie à tout jamais. Probablement pas.

Au moment où je me demande pourquoi tout est si long et si pénible avec l'administration française, l'Homme à la Clef surgit à nouveau. Il pose une énorme malle en plastique sur le bureau et s'empresse de refermer à double tour la salle des saisies que j'aperçois du coin de l'œil une dernière fois. La dame s'est levée, ce vieux dragon est sorti de son siège pour observer le contenu de la malle. C'est son moment. Elle peut enfin assouvir son désir de lycéenne rapporteuse de ragots qu'elle camoufle à peine. Elle veut voir, elle veut savoir.

L'Homme à la Clef ouvre la malle, il jette un regard effaré à l'intérieur tout en tenant la liste des objets en question. Puis, tel un flâneur flaireur de brocantes, il commence sa déclinaison :

– Trois ordinateurs portables…

Que je ne vais plus jamais utiliser.

– Cinq clés USB, deux disques durs...

Que j'aimerais au plus vite récupérer.

– Vos brouillons et les sujets du concours de Sciences Po Paris.

Il sourit. Je rougis.

Le sujet de note de synthèse que j'avais choisi était celui sur les lanceurs d'alerte. Quelle ironie.

La dame me regarde, je sens son regard insistant sur ma valise, elle me déshabille du regard comme si j'avais noyé un chien, elle me jauge, je sens le poids de son jugement sur mes épaules, elle se régale à pleines babines, le menton relevé, les narines dilatées, les yeux écarquillés, cette stupide pute de Martine est en pleine dégustation, objet après objet, elle déguste ma honte avec une pointe de sel.

Je déteste ce genre de situation. Elle doit probablement en raffoler. J'ai une irrépressible envie de récupérer mon dû et fuir cet endroit maudit à tout jamais. L'Homme à la Clef a disparu, peut-être par pudeur, peut-être pour laisser le vautour savourer sa proie. Un genou à terre, abattu telle une viande attendant son heure, je finis par refermer ma valise, le jugement a un poids. Je décide de m'éclipser.

J'avance comme si j'étais pressé, comme si quelqu'un m'attendait, mon sang est en train de bouillir, mon corps chauffe, rôtissant, je vacille en traînant ma valise comme si j'étais Orphée qui s'échappait des Enfers. Je ne veux pas me retourner, mon Eurydice m'attend déjà à la sortie. Il s'appelle Laurent, je l'ai commandé sur Uber dans l'ascenseur pour millimétrer parfaitement ma sortie, comme les gens importants.

Laurent. Quatre minutes.

Ma vie est à l'intérieur de cette valise. Si le contenu est encore intact, je devrais pouvoir rebondir assez rapidement. L'une de mes clés USB contient le mot de passe pour accéder aux douze mots de récupération de mon portefeuille Bitcoin sur lequel doivent normalement se trouver une demi-douzaine de bitcoins qui reposent au frais depuis plus d'un an dans un pays loin de notre très cher hexagone.

Depuis le jour de mon arrestation, je n'ai pas encore eu la chance de parler avec *le K*, ma professeure des ténèbres, celle sans qui je n'aurais jamais commencé, elle s'est comme évaporée, et n'ayant aucun moyen d'entrer en contact avec elle, tout ce que je peux faire est d'attendre un signe de sa part.

Elle est la seule personne qui aurait pu accéder à ce butin caché. Mais étant donné qu'elle ne m'a toujours pas fait signe de vie, il est fortement improbable qu'elle y ait touché.

Laurent.

Deux minutes.

Puisse le Seigneur miséricordieux faire en sorte que je foule ce foutu sol pour la dernière fois. Les portes du Tribunal du Grande Instance s'ouvrent, puis celles de la voiture de Laurent.

La valise dans le coffre, mon enveloppe corporelle dans la voiture, ma tête ailleurs, Laurent s'apprête enfin à me délivrer de mon calvaire. Faites qu'il ne me parle pas, pitié, Seigneur. Un mutisme infini c'est tout ce que je demande.

Cinq étoiles

– Vous rentrez de vacances ?

Il parle, mon Dieu, il vient de briser la règle universelle tacite qui régit secrètement le monde des VTC : cinq étoiles si aucun mot ne sort d'aucune bouche.

Je déteste ce genre de moment. Je déteste beaucoup de choses, évidemment, je suis un connard, mais ce genre de moment est particulièrement pesant car il n'existe qu'une seule issue : la discussion. Feindre de ne pas l'avoir entendu semble être la bonne option, grâce aux fameux écouteurs blancs, meilleure invention pour se déconnecter de la réalité. Je discuterais bien avec lui si je n'étais pas concentré sur la suite, et la suite, c'est un mot de passe. Le mot de passe qui me permettra d'accéder à la clé USB sur laquelle se trouve un autre mot de passe pour récupérer mes bitcoins. Pour couronner cette complexité qui nécessite au moins deux Doliprane, il existe en plus de cela une faible probabilité pour que *le K* soit déjà passée par là et ait encaissé le butin.

– Monsieur, à la fin du trajet, pouvez me mettre cinq étoiles s'il vous plaît ?

Tristesse.

D'habitude, je ne note pas les chauffeurs, les livreurs, les restaurants, les cinémas, et tous les autres services qui nous sont proposés pour la simple et bonne raison que je ne suis pas juge. Le premier niveau de la dystopie orwellienne est justement d'instaurer une société de notation dans laquelle n'importe qui peut être soumis au jugement, victime du regard de l'autre et de sa perception de la réalité. Jugement qui pourrait affecter votre business, votre statut social, vos relations amicales et tellement d'autres sphères insoupçonnées de votre vie. Maintenant, lorsqu'on prend en compte le fait que ladite note peut avoir un impact réel sur les revenus de mon chauffeur, et donc sur sa vie, ce frère Laurent mérite ses cinq étoiles. Tout le monde mérite cinq étoiles.

Le K avait l'habitude de dire que chaque innovation est le renoncement du sens pour produire de l'efficacité. Est-il sensé de noter son « chauffeur » sur un unique trajet d'une distance du point A au point B sans jamais le revoir par la suite ? Non, mais c'est efficace pour Uber. C'est d'ailleurs grâce à ce raisonnement que *le K* a pu bâtir une bonne partie de sa fortune.

On vit dans une société du jugement, dans laquelle ce que l'on aime nous détruit. On juge les autres, leur façon de parler, leur gueule, leurs habits, leurs idées. Plus on juge, plus on émet un avis, qu'il soit sous la forme d'un tweet, d'une étoile, d'un post, on crée de la donnée quotidiennement et tout ça parce qu'on est sollicité pour le faire. Par un clic sur la souris, par un glissement du pouce sur l'écran, on participe, on contribue à notre esclavagisme 2.0.

Un coup de pouce vers le bas pour faire défiler ton Facebook, pour se tenir informé de la vie des personnes qu'on ne côtoie même plus, qui publie des choses qui ne nous intéresse pas.

Un coup de pouce vers le bas sur Instagram, pour observer les photos de personnes qui tentent d'impressionner d'autres personnes qu'ils ne connaissent pas.

Un coup de pouce vers le haut sur Instagram, pour acheter un produit d'un influenceur qui n'influence personne, qui vend des produits dont personne n'a besoin.

Vers le bas pour voir et rêver, vers le haut pour acheter. Simplissime.

La fortune du *K* réside dans le dernier coup de pouce, celui pour swiper, celui vers la droite, celui qui, sur Tinder, Happn, Badoo, Gleeden, AdopteUneViande, te permet, quel que soit ton genre ou ta préférence sexuelle, d'accéder à un partenaire.

Un coup de pouce vers la droite pour baiser. Du génie. L'hypersexualisation de la société au bout des doigts.

Pour comprendre la suite de l'histoire il est nécessaire de réaliser la place vitale du sexe et du porno sur Internet. En permanence, un internaute sur quatre est en train de regarder du contenu pornographique, et plus de la moitié sur un smartphone ou une tablette. Statistique très catholique qui nous octroie un moment pour se rappeler l'origine du monde.

L'un des sites pornos les plus connus enregistre pour l'année 2019 près de quarante-deux milliards de visites, soit 80,032 visites par minute pour une moyenne de dix minutes par session. Encore une fois, je ne suis personne pour juger, mais force est de constater que le sexe représente une industrie qui se chiffre en centaines de milliards sur Internet, d'où l'intelligence des applications de rencontre, qui, avec la promesse de swipe à droite pour copuler, innovent pour créer de l'efficacité tout en renonçant au sens.

En 2015, Tinder a décidé de changer drastiquement son mode de fonctionnement, en limitant le nombre de swipes par jour à cinquante, mais offrant un nombre illimité aux personnes prêtes à payer un abonnement. Payer pour tenter de baiser.

En 2014, *le K* avait inventé un système d'automatisation pour Tinder. En téléchargeant un émulateur, elle générait une session Tinder depuis son ordinateur, et pouvait ainsi créer le faux profil d'une vraie jolie fille, avec quelques photos et une description. Elle avait créé un Tinder bot, un logiciel qui mouline tout seul, et qui automatise la seule et unique fonction de l'application, celle de swiper, de choisir si oui ou non, l'être humain qui vous est proposé sur votre écran vous intéresse sexuellement. Swipe vers la droite, si c'est oui, vers la gauche, si c'est non. Le but de cette opération était de capter l'attention d'un maximum de monde, pour gagner un maximum d'argent.

Pour se faire, chaque profil féminin du *K* sur Tinder était minutieusement ficelé : il lui suffisait de récupérer cinq photos d'une fille sur Instagram.

Cette dernière devait avoir du charme, être belle, très belle, mais pas vulgaire, et complètement inconnue, si possible sous la barre des mille abonnés. Le genre de profil qui ne laisserait aucun homme insensible, sans pour autant faire douter une seule seconde de sa véracité, puisqu'il s'agit là d'inciter la viande à cliquer, tout en conservant une illusion d'authenticité. La réalité est que la plupart des *fake* profils que *le K* avait créés lui avaient été servis sur un plateau. Trouver les photos de jolies filles était simplissime grâce à Instagram. Sur cette application, les gens se surpassent tellement pour façonner leur double numérique parfait que le travail était prémâché. Avec un script codé en Python, elle réussit à automatiser le processus de « coup de pouce vers la droite » de façon à pouvoir swiper éternellement vers la droite, choisir la gauche n'ayant aucun intérêt dans notre cas. Sans aucune interaction de sa part, un compte Tinder pouvait donc effectuer des milliers de swipes quotidiennement, interagissant avec des milliers de réels utilisateurs. J'ai mis beaucoup de temps à comprendre qu'elle avait élaboré une arme de publicité massive et sauvage. En effet, chaque compte qu'elle gérait faisait plus de cinq mille swipes par jour, ce qui signifie que cinq mille personnes différentes entraient en interaction avec ce faux compte, cette fausse fille, et tout ça, piloté par une vraie fille.

Admettons que la moitié de ces cinq mille personnes décident de swiper également vers la droite lorsqu'elles voient surgir sur leur écran le profil du *K*, scellant leur destin de viande, mais aussi dans l'idée de pouvoir parler et tenter de séduire cette fille, du moins c'est ce que la viande pense à ce moment-là. Sur ces deux mille cinq cents viandes, si 10 % choisissent de cliquer sur le lien en description, c'est deux cent cinquante personnes qui sont converties directement vers un nouveau support, un nouveau site internet. C'est essentiellement du trafic, organique et gratuit. Surtout que mon postulat de départ est erroné puisque sur cinq mille mâles affamés, plus de 90 % vont en réalité accepter le profil du *K*, et non pas la moitié. Ainsi, tous les jours, elle pouvait s'assurer d'être vue sur plusieurs milliers d'écrans, par plusieurs milliers de personnes, une force d'impression numérique non négligeable qui, à l'époque, relevait de l'exploit.

Elle s'assurait une visibilité et une exposition gratuite sur le dos de Tinder, le tout grâce à quarante lignes de code. Mais la meilleure partie de l'histoire, c'est comment elle est devenue riche grâce à cela.

Elle est partie du principe que si les hommes étaient prêts à payer pour Tinder, ils seraient prêts à payer pour se branler, de la même façon que tous les sites pornographiques proposent un abonnement Premium. En ajoutant sur la biographie du faux profil, un lien vers son compte Instagram, elle redirigeait le trafic d'une plateforme à une autre. Sur le compte Instagram, elle proposait une cinquantaine de photos de la même fille qu'elle utilisait sur Tinder, pour ne pas paraître suspecte, ajoutait des faux likes sur la totalité des posts, ainsi que des faux abonnés de manière à dépasser les 10 K et avoir plus de crédibilité. La dernière étape consistait à envoyer l'utilisateur d'Instagram vers un compte Snapchat privé, accessible uniquement avec cinq euros par mois sur PayPal. Pour cette modique somme, tu pouvais observer les coulisses de la « vraie » vie de cette fausse fille, des selfies devant son miroir, dans sa salle de bains, en bref jeter un œil à son quotidien. Toutes ces photos provenaient de kit comme il en existe des centaines de milliers sur Internet à disposition de qui le souhaite, des kits de photos d'une même personne dont l'ordinateur a généralement été infecté, dépossédé de l'intégralité de sa vie numérique, ses photos, ses vidéos, ses selfies, ses *nudes*. Plus rien ne lui appartient. Pour moins de dix euros tu peux te procurer des centaines de photos d'une même personne, homme ou femme. De quoi usurper, créer, et maintenir une fausse identité pour n'importe qui sur les réseaux sociaux. Après, tout ce qu'il reste à faire, c'est de créer suffisamment de comptes. Et il faut par conséquent mettre la main sur un bon nombre de photos de différentes filles, au moins cent photos par fille, pour tenir la viande un mois ou deux.

Avec le swipe de Tinder, la viande voit,
avec Instagram, la viande rêve,
et avec Snapchat, la viande paye.

Si 10 % des cinq mille de Tinder ajoutent un faux profil du *K* sur Instagram, et que 10 % de ces cinq cents l'ajoutent après sur Snapchat, cela fait cinquante personnes par jour, soit deux cent cinquante euros par jour, soit sept mille cinq cents euros par mois, pour un seul profil. Incroyable, n'est-ce pas ? Quand on sait que c'est une fille qui pilotait l'intégralité de cette opération, c'est encore plus beau. Pouvoir imaginer, conceptualiser et exécuter l'idée que certains hommes payeraient pour voir des photos et des vidéos de jolies femmes. Dit comme ça, ça paraît simple, mais réussir en utilisant uniquement trois réseaux sociaux, une centaine de lignes de code, et quasi aucune interaction de sa part ? De mon point de vue, c'est de la création de richesse à l'état pur. Des milliers de mecs se sont branlés sur des filles imaginaires, vraies photos et vidéos réelles, mais fausses personnalités, et en payant. Même s'il y a eu quelques accrocs.

Tout d'abord l'algorithme de Tinder n'a pas vraiment apprécié que les comptes du *K* soient actifs dix-huit heures par jour, sept jours sur sept. Même le mec le plus affamé des temps modernes n'aurait pas osé. Certains comptes se sont fait suspendre. *Le K* a donc implémenté un petit ajout sur son script : tous les quarante swipes, une pause d'une durée comprise entre une et cinq minutes, et toutes les heures, une pause de dix minutes. Ainsi, elle « humanisait » son script. Les temps de pause étant générés aléatoirement, le script effectuait une rotation d'une simplicité enfantine de façon à pouvoir contourner les détections de Tinder et agir comme un utilisateur lambda. Et le dernier ajout : un swipe vers la gauche tous les cent swipes pour « refuser » la rencontre avec une autre potentielle victime. Une dizaine de lignes tapotées sur son clavier aura suffi pour personnifier son bot et lui donner une seconde vie, tel un phénix qui renaît de son code. Avec un logiciel que n'importe quel étudiant en première année d'informatique pourrait reproduire en à peine une heure, *le K* avait généré un tunnel de trafic 100 % organique qui, tous les jours, pouvaient toucher jusqu'à cent mille personnes, le tout dans une simplicité qui tutoyait la grâce.

Mais, au bout d'un moment, des utilisateurs ont commencé à flairer l'arnaque. Ils ont réalisé que certaines photos étaient réutilisées, que personne ne répondait aux messages, que les likes des comptes Instagram pouvaient soudainement disparaître, tout comme les abonnés. Le taux de personnes qui payaient l'abonnement sur PayPal a diminué petit à petit, si bien que *le K* a simplement décidé d'arrêter ses sextorsions numériques.

Cerise sur le gâteau, au début de l'opération, *le K* avait profité de l'option de géolocalisation de Tinder qui permet à ses utilisateurs de se situer n'importe où sur le globe, à n'importe quel moment. Concrètement, *le K* avait pu élargir son champ d'action puisque chaque compte pouvait changer de position, de ville, de pays et ce, à son bon vouloir, c'est une fonctionnalité principale de l'application. Grâce à cette option, elle avait établi des comptes basés d'abord en France, à Paris, à Marseille puis à Lyon, avant de s'attaquer à Londres, Venise, la ville des amoureux, et New York. Cela permettait de varier les profils, de ne pas mettre toutes ses billes dans le même panier et surtout de s'assurer une diversité des profils potentiellement victimes du *K*.

Elle a pu swiper le monde entier, et un an plus tard, elle disposait de cinq cents comptes Tinder, anglais et français, qui avaient tous entre mille et dix mille matchs dans leur liste de contacts, donc de véritables personnes.

Cela fait énormément de monde, entre cinq cent mille et un million de personnes qui, à tous moments, peuvent recevoir un message ou cliquer sur un lien du *K* sans qu'elles ne le sachent jamais.

Elles ne s'imaginent pas une seule seconde parler à quelqu'un d'autre qu'à celui ou celle qui leur est présenté sur leur écran.

À ce niveau de l'opération, *le K* était déjà passée au niveau supérieur. Elle avait des comptes d'hommes intéressés par des femmes, de femmes intéressées par des hommes, des hommes à la recherche de femmes ET d'hommes, et inversement. Un grand bordel sans nom d'orientations sexuelles, elle avait coché toutes les cases du monde, que ça swipe le plus possible. Pas de discrimination ou de racisme derrière l'écran, chaque personne est une potentielle viande.

À l'époque, Tinder autorisait une redirection DIRECTE vers Instagram : depuis l'application Tinder, en un clic, tu pouvais atterrir sur Instagram. Une aubaine pour *le K* qui s'était empressée de renforcer son armada de *fake* comptes. Depuis Tinder l'a évidemment corrigé ; cela causait une fuite massive de ses utilisateurs et de son trafic, une perte de temps d'utilisation, c'était simplement une fausse bonne idée pour eux. Mais pour *le K*, cela avait été le début de l'âge d'or.

Elle va m'en vouloir de le raconter, mais c'est à ce moment-là que j'ai réalisé que je n'avais pas le tiers du quart de son intelligence. Je pensais qu'il fallait voler pour devenir riche, ou travailler, et elle m'a montré qu'il fallait simplement donner à la société ce qu'elle désire sans qu'elle sache comment l'obtenir. Certains mecs veulent juste payer pour se branler, qu'on les laisse, ça nous rendra riches.

L'être humain vit au travers de son écran pour échapper au monstre de son quotidien qui tente de le rattraper. On ne peut pas lui en vouloir de numériser sa sexualité, si seulement il savait que l'écran est un monstre bien plus effrayant, il y réfléchirait à deux fois avant de se filmer en plein acte, à trois fois avant de le conserver sur son téléphone principal, et s'il avait une idée des conséquences de l'ubérisation des *nudes*, il deviendrait peut-être asexuel.

Tinder repose sur le même modèle que la pornographie, l'envie, le désir sexuel, la frustration instantanée, la société n'est pas suffisamment consciente numériquement pour réaliser les dangers sous-jacents des écrans.

Donc on continue de juger.

Sur cinq photos.

Sur cent quarante caractères.

On reste un produit, rangé en rayon avec tout un tas d'autres produits, et si un jour quelqu'un veut de toi, il n'y aura qu'une seule chose à faire. Un coup de pouce.

La partie la plus folle de l'histoire, c'est que la société a très vite rattrapé le génie du *K*. De nos jours, travailleurs et travailleuses de l'industrie pornographique ont tous un Snapchat Premium. L'industrie du X a rapidement compris que la monétisation de ce business pouvait continuer au-delà des sites web et des vidéos, grâce aux réseaux sociaux et au développement du culte de la personnalité. Merci Internet.

Certaines actrices gagnent plus de cent mille dollars tous les mois en partageant les moments intimes de leur quotidien, si bien qu'elles finissent par gagner plus d'argent seules, sans que personne ne les touche. Un progrès social, si vous me demandez.

Soit dit en passant j'admire profondément toutes les instagrameuses qui montrent leurs formes pour gagner des salaires indécents. Elles ont le courage de n'avoir aucune pudeur et elles en sont récompensées. C'est un sérieux braquage de l'économie de l'attention. Comment leur en vouloir ? Travailler toute sa vie pour finir à trois mille ou poster ses fesses pour partir en vacances et siroter des mojitos ? Le placement de produit d'une influenceuse qui fait pas de la merde, c'est minimum cinq mille euros. Un pompier ou un médecin peut sauver une vie, il gagnera toujours moins que celle ou celui qui utilise son image.

Parier sur l'absurdité de notre génération, une variante sarkozyste : montrer plus pour gagner plus. Plus de peau pour plus d'euros, plus de larmes pour plus de likes.

Il existe un jeu à jouer, et beaucoup ont compris les règles depuis bien longtemps. D'autres ne les ont toujours pas comprises, et sont pris dans un vortex qui les fait revenir et participer sur les réseaux sociaux.

De nos jours, il semble que tout le monde soit devenu le centre de son propre monde, et chaque fenêtre est utilisée pour attirer les regards. Il est aisé de partager ce que l'on pense, à quoi l'on ressemble et ce que l'on fait grâce aux réseaux, mais le défi se révèle dans la capacité de capter l'attention. C'est là que la société du jugement revient : on choisit une idéologie comme si on achetait un téléphone, on lève la main pour être visible auprès d'un groupe, qui va accorder de la reconnaissance, ration plus que jamais prisée, et tout ça, sur la base de positions partagées. Le but est à la fois de montrer son appartenance à un groupe et de vivre avec un sentiment d'inclusion, le confort d'être accompagné et soutenu. Ce que l'on pense sert à justifier sa place au sein de la société plutôt qu'à défendre des convictions personnelles, tout ça pour éviter de rester seul. On affiche haut et fort ses vertus et qualités morales pour recevoir l'approbation des autres.

Chacun souhaite être entouré de personnes qui partagent ses idées pour que l'effort se dirige dans la même direction. Je risque de rester seul encore un bon bout de temps.

Si cette volonté d'exister au sein d'un groupe est aussi forte, c'est que la peur d'être délaissé ou invisible l'est tout autant.

Pour contrer leur délaissement ou leur invisibilité, les individus s'attachent à défendre des idées qui finissent par devenir leur identité.

On a réussi à monétiser l'attention, et pour conserver l'attention, il faut créer du contenu, fonder une e-famille, tu dois nourrir tes Sims pour alimenter et développer une communauté, tu as un combat, tu existes, tu comptes, et cette occasion unique n'est disponible que depuis la numérisation de la société.

Dix ans plus tôt, ta star ou ton actrice préférée faisait la promotion de son parfum préféré dans une publicité diffusée à la télé. Mais maintenant plus personne ne regarde les publicités sur petit écran. Et si le téléspectateur ne zappe pas, il dégaine son téléphone dans la seconde comme s'il avait subi une transfusion d'attention, d'un écran à un autre. Les réseaux sociaux sont une arme, ils existent pour nous vendre un produit ou une idéologie, il s'agit juste de se placer du bon côté pour tirer son épingle du jeu et en profiter abondamment.

C'est comme si la vérité n'existait plus, comme si une infinité de versions de la réalité nous étaient proposées, engendrant une confusion globale et une absence de sens. Dans un monde où le clic a plus de valeur que la vérité, il est logique que les médias cherchent à survivre en saupoudrant leurs articles d'un peu de sel pour donner du goût. Le clic produit des euros, la vérité n'en produit pas, si l'information est fade, on te la fera quand même manger, quitte à te faire le coup de l'avion avec la cuillère, ou en intraveineuse s'il le faut, c'est l'heure de la soupe, voilà les tristes conséquences du règne de l'économie de l'attention.

On change une citation, on modifie le ton, on oriente le titre, ce n'est plus « Je veux manger, maman » mais « Je veux manger maman » ; on est à une virgule près de la vérité.

Dans l'ordre logique des choses, on est tous en quête d'argent, puis en quête de pouvoir. La vie c'est comme un jeu vidéo, au début, vient la création de ton personnage, que tu ne décides pas. Puis vient le tutoriel, qui dure dix-huit années pour certains, une vie pour d'autres. Lorsqu'on sort du tutoriel, il s'agit d'accumuler le plus de pièces d'or possible pour améliorer son personnage, l'argent c'est le pouvoir. Mais pour *le K*, après l'argent est venue la data.

Elle avait compris que la donnée numérique que chaque vivant produit quotidiennement est à la fois son poison et son remède. Elle m'avait promis qu'un jour la data vaudrait plus que le pétrole, car le pétrole fait tourner l'économie mais la data fait tourner l'humain. *Le K* était déjà dans le Futur au moment où tout le monde commençait à douter du Passé. Elle avait un plan, devenir Princesse Data.

– Monsieur, on est arrivé.

Retour à ma réalité.

– Vous ne m'avez pas répondu, je peux avoir mes cinq étoiles ?

Conséquences 2.0

De retour chez moi, enfin. J'en ai marre de vivre. Fatigué d'être fatigué, j'allume la télé pour être certain d'avoir envie de me défenestrer. Un écran. Ça fait déjà quelques années que je me demande à quoi sert de respirer tellement ma vie est fade sans écran. J'ai du mal avec les gens. Si j'en avais le cran, je pourrais tout arrêter mais je ne sais même pas ce que je suis en train de faire.

Mon téléphone se met à vibrer. Un deuxième écran. Twitter.

"@rabbindesbois

Мы знаем, что вы делаете. Вы не должны были говорить. Глаза на вас. Руки скоро."

Un tweet en Russe. Inquiétant. Google Trad, vite.

« Nous savons ce que tu fais. Tu n'aurais pas dû parler. Les yeux sur toi. Les mains arrivent bientôt. »

Les conséquences de mes actes, je les attendais, *le K* m'avait prévenu.

J'espère que ma lettre de suicide sera plus proche de Dostoïevski que de Nabila. Je me demande si l'agent de la DGSI qui m'observe a vu ce tweet. Au moins lui sait que je voulais juste acheter le château de mon père et honorer la gloire de ma mère.

D'un autre côté, si ces personnes-là désiraient vraiment m'ôter la vie, je l'aurais déjà perdue. Ça n'a aucun sens. Je pourrais demander pardon mais ils savent déjà que je suis désolé.

J'allume mon ordinateur pour vérifier que rien ne manque. Le moment de vérité. Un troisième écran.

Tout est là. Toutes mes bases de données, tous mes fichiers, tous mes dossiers.

Même le fichier texte qui s'intitule « pour quand je me fais arrêter » avec ses mille failles de sécurité de sites internet français est là. Le mot de passe pour accéder à ma phrase secrète, mes douze putains de mots qui, je l'espère, contiennent un accès à une douzaine de bitcoins.

"lake stumble scatter pupil convince snake mushroom sadness spoil wisdom hello code"

Tout ce qu'il me reste à faire, c'est survivre. Survivre le temps d'un trajet Uber, d'un aller simple vers Tel-Aviv, ce qui signifie survivre à la beauté des succubes du renseignement du Shin Beth aux deux aéroports, Charles-de-Gaulle et Ben-Gurion. Récupérer mon portefeuille physique Bitcoin, encaisser mon argent en espérant que *le K* n'y a pas touché, et se remettre tout doucement à vivre.

Il faut être extrêmement con pour ne pas garder une copie de sa phrase secrète quelque part, surtout autre part que sur une clé USB qui risque de se faire saisir par le Ministère de l'Intérieur. Je suis extrêmement con. Je ne suis même pas sûr de mériter cet argent.

La perfection du fonctionnement du Bitcoin est telle que ces douze mots garantissent un accès unique et éternel au compte. C'est son ADN, son mot de passe qui fait office de Sésame-Ouvre-Toi. Le fait d'avoir stocké mes bitcoins sur un portefeuille physique ajoute une couche de sécurité. Sans un accès direct à ce boîtier, je ne peux déplacer mon argent, et ayant réinitialisé ce portefeuille avant de le cacher à Tel-Aviv, j'ai besoin de mes douze mots, de ma phrase secrète pour accéder à mon or numérique. Le seul problème est que *le K* n'a certainement pas fait la même erreur que moi, elle a dû stocker les douze mots dans un endroit sûr, et si j'étais elle, j'aurais déjà pris tout ce qu'il y avait à prendre.

J'aurais aimé ne jamais la perdre. Avec elle, le temps passait vite, je n'avais plus cette sensation de faux, de semblant, elle me donnait l'impression que je pouvais devenir celui que je voulais être, et non pas celui que je devais être. Face au déterminisme de la société et à leur jeu truqué, dans lequel tu devrais te contenter d'un deux si tu jettes les dés, elle m'avait donné un choix.

Celui de l'écran pour de l'argent.

Celui de miser sur une version du futur si évidente mais si insensée que son essence même en était inimaginable.

Je pensais que l'argent allait me sauver, j'étais tellement naïf, aucune liasse n'est suffisante pour acheter le mal-être qui m'empêche de les regarder dans les yeux, d'être vrai avec eux.

Lentement mais sûrement, la société est devenue une industrie de la persuasion qui essaye quotidiennement de définir et prédire le comportement de ses individus. Dis-moi ce que tu likes, je te dirai quoi acheter. Pour mettre au monde cette monstruosité, pas besoin de mentir, simplement de camoufler la vérité, en ajoutant une autre dystopie sur le tas, visible aux yeux de tous, celle de Snowden, celle de Big Brother, de la fin de la vie privée et du règne de la surveillance, dystopie que nous avons acceptée collectivement déjà depuis longtemps. Par exemple, prenez votre iPhone, cliquez sur Réglages, puis Confidentialité, cliquez sur Service de localisation, puis en bas de votre écran, Services Système, cliquez sur Lieux importants. Vous devriez voir apparaître sur votre écran la liste de toutes les villes dans lesquelles vous êtes allés, cliquez sur une ville pour voir l'adresse et la date à laquelle vous y étiez. Ce paramètre est activé sur tous les iPhones vendus, c'est un paramètre par défaut, qui pourrait se désactiver en précisément six clics, pourtant, la quasi-totalité des utilisateurs ne connaît pas l'existence de ce paramètre par défaut. Puisqu'on emporte avec soi son téléphone partout où l'on va, de facto, aucun de vos déplacements n'est véritablement secret. Un téléphone c'est une puce GPS, un micro, et plusieurs appareils photos, donc un mouchard. Évidemment, j'enfonce des portes ouvertes : tout cela semble logique, la vie privée n'existe plus depuis longtemps, seulement un sombre mirage de confidentialité qui persiste entre le téléphone et son utilisateur. En réalité, toutes les informations sont utilisées, comment ne pas les utiliser ? Ils savent où tu vas, à qui tu parles, ce que tu écoutes, ce que tu achètes, celle ou celui que tu désires, et tellement plus qu'ils finissent par te connaître mieux que toi-même. Être un internaute, c'est un job à plein temps non rémunéré, de l'esclavage volontaire : tu donnes ton avis, tu cliques, tu visionnes, tu interagis, participant donc à ta propre création de data, gracieusement cédé à tes employeurs.

Orwell pensait que les livres seraient censurés tandis qu'Huxley avait compris qu'il n'y aurait aucune raison de les bannir en premier lieu, puisque personne ne voudrait les lire. Là où Orwell croyait que nous serions *déprivés* d'informations, ou qu'elle serait contrôlée, Huxley avait déjà saisi que l'information nous serait donnée en abondance, noyant la vérité dans un océan de non-sens, afin de nous habituer à la banaliser. Si bien que chaque information s'accepte, se digère et se répète. Un nouveau scandale politique, un nouvel attentat, un nouveau tweet polémique, une nouvelle *sextape* et ainsi de suite… On s'autodétruit avec les instruments de notre progrès, en façonnant une jeunesse nourrie à l'écran Retina pour contrôler sa rétine, la ponctionner de sa moelle épinière, pour mieux la comprendre dans un premier temps, la contenir dans un second, et l'abattre dans un dernier. Clic après clic, jugement après jugement, on leur livre toutes les armes pour nous déchiffrer et mieux nous manipuler. Les enfants de nos jours ne rêvent pas de devenir astronaute, avocat ou pompier, mais YouTuber, Vlogger, Streamer. Ils veulent des abonnés, se filmer, se regarder, comme si dès leur plus jeune âge, ils étaient voués à une quête éternelle de reconnaissance.

Pour *le K*, ce n'est qu'une question de temps avant qu'Internet nous confronte à ce que l'on est vraiment. Internet est un miroir grossissant, il exacerbe le bien et le mal, mais reflète le visage de celui qui l'utilise. Que se passerait-il si tout le monde pouvait lire tes recherches Google ? Disons seulement celles d'une journée.

Combien d'ami perdrais-tu ?

Combien de proches seraient gênés de te revoir ?

Combien de fois ton téléphone sonnerait-il ?

Ta fille pourrait-elle encore te regarder dans les yeux ?

Ton fils serait-il encore fier de toi ?

Ta femme va-t-elle te quitter ?

Il existe ceux qui utilisent leur téléphone, et ceux qui se font utiliser par leur téléphone, et en livrant ta vie à Apple, Google, Facebook, Amazon, YouTube, Instagram, Twitter, Uber, Airbnb, Netflix, tu finis par ne plus exister. Tu accomplis ta mission sur la e-Terre : tu es à la fois un produit et un consommateur. Dans un premier temps tu te vends à ces empires, gratuitement, enfin, tu payes, tu payes avec tes données, c'est payant et pourtant c'est gratuit, c'est compliqué, clic en bas de la page rapidement, accepte les conditions générales d'utilisation, on t'expliquera dans dix ans.

Dans un second temps, grâce à ton e-don, un algorithme te propose un produit accessible par un simple clic ou une pression de ton pouce sur ton écran. Ce produit est fait pour toi, puisqu'il est littéralement le fruit de tes actions. C'est comme la fontaine de Trevi, tu peux jeter un euro, disons deux si t'es un grand mécène, concrètement tu t'en fous, tu passes un bon moment, tu fais ton vœu, et tu participes à l'illusion collective selon laquelle cette pièce influera potentiellement sur ton futur. Tu participes. Tu leur cèdes ton adresse email. Tes coordonnées bancaires. Tes informations personnelles. Internet, c'est comme une fontaine de Trevi, mais « gratuite », sauf que contrairement à celle de Rome, ce n'est pas quatorze mille euros qu'elle rapporte par semaine mais des milliards.

On paye 19,90 € par mois pour permettre à certains d'en gagner des millions.

Un hamster dans sa roue à l'alliage de miroirs. Il pourrait s'arrêter, sortir de sa roue ne serait-ce qu'un instant afin de réaliser la futilité et la folie de son action. Mais non. Il préfère continuer.

On l'appelait Princesse Data parce que *le K* avait compris que la data allait être le fuel de cette industrie, sa matière première indispensable pour faire fonctionner la machine. Ce n'est pas son unique composant, c'est son carburant. Sans data aucune étude n'est possible, et sans une connaissance des informations de ton comportement, il paraît impossible de pouvoir l'exploiter.

Princesse, car le royaume des tréfonds d'Internet s'organise comme au Moyen Âge. Tout en haut de la pyramide trônent les rois des marchés du darknet qui se cachent dans les ténèbres. Ils n'existent pas, personne ne les côtoie car personne ne soupçonne leur existence, c'est la main invisible pharaonique qui déplace ses pièces sur l'échiquier. Cette poignée de personnes représente une nano-oligarchie, une entreprise du cybercrime qui génère des dizaines de millions hors taxe chaque année que Dieu fait.

Le second étage de la pyramide concerne les princes et princesses, la plupart ont des pseudonymes bien connus du milieu, le genre de pseudo qui à la lecture vous provoque une sorte de minicrise cardiaque, la même attaque qu'on ressent lorsqu'on se rend soudainement compte avoir perdu son téléphone après une course en taxi ou une séance de cinéma, par exemple.

Au rez-de-chaussée – mon niveau –, gambade le bas peuple, les chevaliers du darknet, certains enrôlés par erreur, d'autres par hasard, mais la plupart de ces soldats ont un goût prononcé pour le sang ou l'écu. Condamnés à apprendre, on tutoie les paysans qui s'aventurent pour payer leur dîme, en espérant pouvoir gravir les échelons de l'échelle.

Cet écosystème numérique fonctionne à merveille, il regroupe les hackers, les vendeurs, les acheteurs et les codeurs au sein d'une même faction, avec une hiérarchie décisionnelle plus ou moins opaque aux yeux de ses citoyens. Un peu comme sur Tinder 3D, c'est-à-dire la vraie vie, notre société n'est pas si différente de mon ancienne Église. Chaque pion sur l'échiquier reçoit ses ordres de la main invisible, conscient ou pas, le pion avance de case en case pour accomplir sa destinée qui, en réalité, est limitée à trois options :

la première est de se faire manger,

la deuxième est de rester sur la même case la quasi-totalité de la partie,

la troisième est de réussir à se frayer un chemin sur le champ de bataille pour se transformer en Reine.

Le pion ne saura sans doute jamais que son destin est prédestiné, calculé, dépendant d'une force supérieure qui le dépasse, à un point que petit pion ne pourrait concevoir.

J'en ai marre d'être un pion.

J'ai été le pion de ma dépression, de mon argent, de mon égo, de tellement d'idées mais de si peu de personnes que j'ai juste besoin d'évoluer en Reine pour dévorer toutes les autres pièces de cet échiquier existentiel.

On est tous l'esclave de quelqu'un ou de quelque chose. Les Anciens ne pouvaient pas s'imaginer un monde sans esclaves, et nous avons l'audace d'en imaginer un sans pauvres. Seulement pour pouvoir gagner il faut que quelqu'un perde. J'en ai marre de perdre.

– Monsieur, nous sommes arrivés à l'aéroport. Terminal 3, c'est bien ça ?

Déjà ?

Je ne me souviens même plus être parti de chez moi, encore moins être monté dans une voiture. Uber. Laurent. Merci Laurent.

Échec et mat

Je déteste les aéroports. Comme je suis de nature stressé et anxieux, les aéroports me discriminent depuis ma naissance. Dans ces lieux maudits, il faut être détendu mais pas trop, on a le droit à l'erreur et à l'hésitation mais de manière générale et universelle, un voyageur stressé est un voyageur suspect.

Je n'ai rien à me reprocher et pourtant j'agis comme si je venais de m'évader de prison, c'est plutôt con, mais ces endroits ne sont en aucun cas propices à l'équilibre de ma santé mentale. Pas sûr de décoller, pas sûr d'atterrir, donc forcément, pas sûr que tout ça me plaise, qui plus est l'aéroport Ben-Gurion est l'un des plus sécurisés du monde, tellement de caméras de surveillance qu'on se croirait dans une œuvre de Banksy.

La dernière fois que *le K* s'était rendue à Tel-Aviv, c'était pour une occasion spéciale. Elle avait pris connaissance d'une affaire très intéressante financièrement parlant.

Sur le Rothschild Boulevard, dans l'un des quartiers les plus huppés de Tel-Aviv, au numéro 22 du boulevard, se trouve l'hôtel Rothschild 22. Une logique implacable. Seulement, les trois derniers étages de cet immeuble n'appartiennent pas à l'infrastructure de l'hôtel. Ils sont occupés par Facebook. Tout en haut de la tour le rooftop offre une vue sur toute la ville. D'un côté la mer, de l'autre le quartier de Sarona, la Silicon Valley de l'Orient, là où Amazon, Google et tous les autres géants du monde de la tech ont leur gratte-ciel. Un panorama à couper le souffle, de quoi réaliser de jolies photos instagrammables tandis que les trois niveaux du dessous concentrent les bureaux et locaux de l'empire Zuckerberg.

Sur les toits de Tel-Aviv, elle contemplait le monde tel l'abîme.

Toutefois, aussi idyllique que ce cadre puisse paraître, un seul petit détail mal paramétré peut entraîner un déchaînement des Enfers. Pour *le K*, une vulnérabilité c'est une opportunité, et puisque le mot de passe du WiFi de l'hôtel n'était autre que 12345678, elle y a vu une opportunité en or.

En ayant accès au réseau WiFi, *le K* avait pu doucement mais lentement acquérir quelques ébauches d'informations alléchantes sur des employés de chez Facebook – certains résidaient parfois à l'hôtel Rothschild le temps de leur mission à Tel-Aviv – ou des habitués qui déjeunaient dans le restaurant de l'établissement.

Malheureusement, il s'avère que Facebook n'est pas stupide au point d'utiliser le WiFi de l'hôtel, ils ont leur propre équipement qui, lui, est plus que sécurisé. Tout d'abord, sans une carte d'employé, impossible de faire monter l'ascenseur aux étages des bureaux. Sans badge, impossible d'ouvrir les portes des locaux, et sans le niveau d'accréditation adéquat, impossible d'ouvrir les portes au sein même du lieu de travail. Et enfin, sans passer devant le vigile à la sortie de l'ascenseur qui prend soin de vérifier votre badge, impossible de pénétrer les voies de Zuckerberg. Mais coup de chance : les hôtels sont de véritables nids à virus, surtout les ordinateurs accessibles en libre-service ; la majorité sont infectés. Je reste également dubitatif devant leurs réseaux WiFi. Cible facile, rentabilité évidente.

Grâce au service de conciergerie, *le K* avait trouvé un moyen d'infecter les clients de l'hôtel. Elle leur déposait des clés USB préchargées avec des virus au comptoir de la conciergerie en indiquant le numéro des suites et en prétextant une urgence professionnelle. Les clés USB étaient ensuite distribuées dans les chambres, et bien souvent, les clients les ouvraient directement sur leur ordinateur portable, infectant par la même occasion leur machine. Quelques jours plus tard, *le K* avait réussi à se faire inviter dans les locaux de Facebook en sympathisant avec un employé qu'elle avait rencontré « par hasard » et avec qui elle s'entendait plutôt bien. On dira que la vie fait bien les choses, que c'est un coup du destin. En réalité *le K* avait besoin d'un accès physique pour continuer dans ses plans, et donc, comme toujours, elle a préféré s'attaquer au maillon faible de la sécurité : l'être humain. Car la seule façon de passer le chien de garde qui niche aux portes de Facebook, c'est d'avoir une raison légitime d'être là. Quoi de mieux comme prétexte que de se faire inviter à visiter les locaux en compagnie d'un employé ? Pas grand-chose. Après avoir signé la clause de confidentialité vous priant de fermer votre gueule à tout jamais sur ce que vous

vous apprêtez à voir, Cerbère vous regarde droit dans les yeux, vous lâche un sourire, et vous remet votre collier, votre badge visiteur qu'il accroche fièrement autour de votre cou.

Au cours de la soirée, alors que *le K* était désormais sur la terrasse-toit de Facebook, les yeux dans les yeux, la tête planant sous le firmament, l'employé lui avait révélé l'existence d'un bug sur le réseau social : un paramètre par défaut activé lorsque deux pages Facebook acceptent de rentrer dans une « relation d'amitié ». Cette négligence permet à n'importe lequel des deux propriétaires de la page de publier une vidéo en direct sur l'autre page sans avoir à demander son autorisation.

Le bug pourrait être corrigé, mais il ne l'est pas. Ainsi, la plupart des pages ayant établi une relation avec une autre page sont plus ou moins vulnérables. Chaque utilisateur a pourtant la possibilité de modifier le paramètre. N'importe quel community manager digne de ce nom pourrait donc éviter le pire, mais ces personnes ne sont pas formées pour éviter le pire. Elles sont embauchées pour augmenter le nombre d'abonnés et maintenir une image numérique décente et attrayante.

Un hack facile, qui repose sur un paramètre par défaut, une négligence de la part de Facebook, même s'ils peuvent se justifier en disant que c'est une fonctionnalité et non un bug. Un classique dans le milieu. Et puis l'éternel maillon faible de la sécurité, l'être humain qui, s'il prenait le temps de lire ce qui est écrit sur son écran, pourrait l'empêcher.

Cet oubli peut coûter très cher car une fois qu'une vidéo en direct est publiée sur une page, il est normalement impossible d'arrêter la diffusion de l'autre côté, sauf si un employé de Facebook en décide autrement.

Dans le livre qu'elle avait commencé à écrire, *le K* avait eu l'idée de diffuser une vidéo sur la page Facebook d'un président ou d'un média. Lors de ce hack d'une simplicité déconcertante mais d'une efficacité sans précédent, elle aurait pu délivrer un message dont elle aurait grandement bénéficié. Elle voulait propager une *fake news*, l'annonce du décès d'un milliardaire bien choisi, qui aurait pu entraîner la chute du cours d'une action boursière, par exemple. Malheureusement, elle n'a jamais fini d'écrire son livre. À sa place, j'aurais diffusé un message d'espoir, le même espoir que celui qu'elle m'a transmis, fut un temps, sur je ne sais quelle page Facebook que j'aurais essayé de hacker. Toujours est-il que je n'aurais jamais le courage de faire de cette occasion quelque chose d'aussi chaotique.

Peut-être que je devrais vendre cette idée à un officier du GRU, les services de renseignement militaire russes. Ça m'éviterait sans doute de me faire suicider par Aleksey et Igor. Si je me suis fait menacer, c'est parce que je parle de leur Princesse, et ils n'aiment pas ça. Elle est devenue tellement puissante ces dernières années, et représente une telle source d'influence sur les réseaux sociaux qu'elle se révèle vitale pour de très nombreuses personnes.

Entre Facebook, Instagram, Twitter, Tinder et Wikipédia, elle dispose d'une flotte de comptes prête à semer le doute, à changer le cours de l'histoire, faire germer des idées par ici pour en camoufler par-là. Elle arrive à voir ce que l'aveugle peut décrire et ce que le sourd peut entendre, c'est l'alpha et l'oméga. Elle fait peur tellement elle est parfaite.

Depuis que les réseaux sociaux peuvent faire gagner une élection, une bonne partie de la stratégie de communication de la classe politique repose sur eux. Lors des dernières élections présidentielles américaines, Donald Trump a dépensé près d'un million de dollars par jour sur Facebook dans ses campagnes publicitaires, tandis qu'Hillary Clinton a principalement appuyé son marketing numérique sur les soutiens apportés par la caste des célébrités d'Hollywood. Ce qui du point de vue de l'influence est assez intelligent, mais pas suffisant, car ces stars ne vivent pas le quotidien des Américains. Elles peuvent peut-être influencer leur décision quant à l'achat d'un produit, d'un cadeau et d'autres singeries, mais lorsqu'il s'agit d'un vote, c'est plus compliqué. La star ne joue le jeu que par égo. Ton artiste préféré a les mêmes valeurs que ma Miss France préférée, il se glorifie en montrant qu'il est dans le camp du bien et des gentils, c'est de la communication. Elle est parfois accompagnée de convictions mais qui sont bien moins utiles pour convaincre les concitoyens que de donner un million de dollars par jour à Zuckerberg.

C'est une guerre sans fin : plus tu payes, plus ta publicité sera diffusée à grande échelle, alimentant ainsi proportionnellement le nombre d'impressions, de vues, de clics, et donc le taux de pénétration de ta publicité et ton pouvoir de persuasion.

Internet est la plus grande révolution depuis l'imprimerie de Gutenberg, les possibilités sont infinies et ses récompenses aussi, ça n'a jamais été aussi simple de gagner de l'argent. Par exemple, juste comme ça, saviez-vous que si pendant chaque heure que Dieu a faite depuis la naissance du Christ, vous aviez gagné miraculeusement cinq mille euros, vous ne seriez toujours pas aussi riche que le fondateur d'Amazon, Jeff Bezos ?

Saviez-vous qu'en dépensant cent soixante-cinq millions de dollars pour acquérir sa dernière demeure, il n'a même pas dépensé le huitième de 1 % de sa fortune ? C'est comme si, une personne qui gagne soixante mille dollars par an avait dépensé soixante-quinze dollars pour s'offrir la maison en question.

Saviez-vous qu'à l'origine il voulait juste ouvrir une librairie en ligne avant de tranquillement devenir l'homme le plus riche de la planète ?

En gagnant de l'argent sur Internet, *le K* m'a paradoxalement fait comprendre qu'il n'existait rien de pire qu'une vie passée à la recherche perpétuelle d'oseille car au bout du compte, on reste tous le pauvre de quelqu'un d'autre. Sauf Jeff Bezos.

Pourtant, tout ce qui m'importe à cet instant, c'est de récupérer mon argent.

Grâce à elle, j'en ai gagné suffisamment pour savoir que je n'en aurais jamais assez pour être satisfait. Ce qui fait de moi un être stupide.

Il fut un temps où je me disais qu'elle pouvait être derrière chaque porte, chaque fenêtre. Chaque visage aurait pu être le sien. Je passais tellement de moments avec elle que j'avais l'impression que les minutes étaient des secondes, jamais de déjà-vu, de conversations forcées ou surjouées.

La pensée est la monnaie de l'amour et je pensais à elle pour un rien. Ça fait longtemps que je n'ai pas pensé à elle.

Le temps est la monnaie de la vie et je me rends compte que je suis peut-être en train de perdre le mien, vais-je vraiment me coucher pour une poignée d'euros ?

Plus j'y pense, et plus je me demande ce qui m'empêcherait d'accomplir la prophétie du *K* et d'exécuter moi-même l'idée de son hack via le bug de Facebook afin de promouvoir un message utile.

M'en voudrait-elle ?

La juge m'en voudra-t-elle ?

Va-t-elle penser que j'incite au délit et non à la délivrance ?

J'ai oublié de mentionner un détail critique sur Amazon : le tout premier investissement de Jeff Bezos à l'époque où il n'y avait que deux employés dans l'équipe. Ils passaient leurs journées les genoux au sol, contre le ciment, à monter, empaqueter, et scotcher des cartons de livraison. De jour en jour la douleur dans leurs jambes s'intensifiait, si bien qu'à un moment, l'un des deux employés décida de mettre fin à ce supplice. Comment a-t-il fait ? Qu'a-t-il acheté ? des chaises ? un bureau ? une délocalisation dans des usines en Chine avec des enfants qui préféreraient sans doute jouer à Fortnite ?

Des protège-genoux. Ce fut le tout premier investissement d'Amazon.

Souffrir. Se contenter du strict minimum, rester à même le sol, puis souffrir un tout petit peu moins pour rester à même le sol. La détermination d'un samouraï, la motivation d'un mange-pierre, la fougue d'un fou.

Ça fait longtemps que je n'ai plus le feu sacré en moi. J'ai juste envie que tout cela se termine et s'arrête pour de bon.

Le K ne se pose pas autant de questions. Elle fait ce qu'elle a envie, même si ce n'est pas juste. Je ne suis même pas sûr qu'un jour j'irai mieux, je ne vois pas pourquoi je jouerais à leur jeu. Tout ce qui m'attend si je jette leurs dés, c'est mon putain de deux.

La société ne veut pas te voir gagner.

Elle veut te voir sombrer dans une routine assassine, elle ne veut surtout pas que tu sois seul, car seul, tu pourrais réfléchir, et c'est mauvais. Elle requiert que tu sois sous constante stimulation, elle veut la totalité de ton attention pour te vendre à tout prix son scénario de simulacre de vie. Internet existe pour nous réveiller, mais pour l'instant on dirait bien que nous sommes tous internés.

Est-ce une bonne chose que d'aller bien dans un monde profondément malade, instable et cruel ? Ne devrions-nous pas plutôt aller mal ensemble ?

« Mesdames et messieurs, l'équipe d'Air France vous souhaite la bienvenue à Tel-Aviv, la température extérieure est de 28 °C, il est actuellement 4 h 04 du matin. Nous vous souhaitons un agréable séjour. »

Je ne me souviens même plus être monté dans l'avion.

Le temps s'envole.

Prise en passant

Alors que je m'apprête à sortir de l'aéroport de Tel-Aviv, après avoir passé tous les contrôles et portiques de sécurité, plus exactement en face de l'immense porte coulissante donnant sur l'extérieur, j'éprouve une sensation que j'appréhende, mais que je connais parfaitement. Comme si le ciel était sur le point de s'écrouler, une intuition que certains appellent un mauvais pressentiment.

C'est là que, derrière moi, une voix rauque se fait entendre :

– *Sir, sir.*

Dans ce genre de situation, une personne n'ayant rien à se reprocher aurait sans doute continué son chemin sans se retourner, c'est donc ce que j'ai fait. Et tandis que je m'approche de la porte de sortie, la voix de l'agent de sécurité retentit à nouveau :

– *Sir, stop.*

Dans le doute, je décide de me retourner et me retrouve presque nez à nez avec un être humain somme toute très respectable qui souhaite m'importuner.

– *Come with me sir, please.*

Grâce aux cours d'anglais dispensés par l'Éducation Nationale, j'ai compris que j'étais à la fois dans l'obligation de le suivre et dans la merde.

Après avoir marché une dizaine de mètres derrière lui, j'arrive devant un scanner à valise. L'agent de sécurité s'empresse de me demander de disposer mon bagage sur le tapis. Serein, je m'exécute. Il n'y a rien d'illégal à l'intérieur. L'agent de sécurité ne prend même pas la peine de contrôler l'écran qui affiche le contenu de ma valise. Il n'a visiblement pas l'air intéressé par mon cas. J'étais en fait loin de penser que tout cela était un prétexte pour que deux autres de ses collègues nous rejoignent, et sans se présenter, me demandent de les suivre. Valise à la main, litre de sueur sur le front, au bord de la tétanie, moi qui quatre heures plus tôt me trouvais encore à

Paris, suis obligé de suivre dans un aéroport à quatre heures du matin plusieurs « employés » pour une raison inconnue. Ma vie pue.

Une porte.

Deux portes.

Puis une salle, avec deux chaises disposées de part et d'autre d'une longue table et une vitre en miroir, comme dans les films. Le genre de vitre qui laisse présager que quelqu'un se trouve derrière et vous observe. Choqué par ce changement de décor digne d'un plateau de Studio City, ma première réaction, de nervosité, est de ricaner bêtement et de faire signe de la main pour « dire bonjour » au cas où quelqu'un se trouverait derrière la vitre.

Assis, j'enlève mon manteau et glisse ma valise sous ma chaise comme si j'étais de retour à l'école, en train d'attendre patiemment un contrôle. Une dizaine de minutes plus tard, la maîtresse arrive enfin. Elle ressemble à Michel Drucker jeune, en plus dodu et moins chevelu, vêtu d'une chemise blanche, osé vu le climat mais acceptable vu l'heure. Il prend le temps de plier sa veste avant de la déposer sur la table.

– Il n'y a personne derrière la vitre, tu le sais ça ?

Français impeccable. Il dit sans doute la vérité, s'il y avait quelqu'un derrière cette vitre, il n'aurait certainement pas pris le risque de le mentionner. Soit il veut me montrer que je suis parano, soit il bluffe, tente de me faire douter. Première phrase prononcée et premier pion déplacé sur l'échiquier.

Après un verre d'eau que je ne boirai jamais, des questions banales et triviales de vérification d'identité, sur la raison de ma venue à Tel-Aviv, le type finit par me dire qu'il sait qui je suis, ce que j'ai fait, et qu'il s'inquiète pour moi, que soi-disant « ma vie est en danger ».

Apparemment, le compte qui m'a menacé sur Twitter appartient à une agence de renseignement étrangère, qui possède un réseau de tentative de manipulation d'opinion publique opérant par le biais des réseaux sociaux. À l'exception du tweet me concernant, la totalité des périodes d'activité du compte ce fut lors des primaires et du second tour des présidentielles françaises. Sobrement intitulé ISLAM MON AMOUR, il avait pour but de salir l'image de l'islam en publiant des folies comme « vouloir égorger les koufars dans la rue ».

En se faisant passer pour un musulman pratiquant, et en promulguant un discours de haine sur Twitter, les détenteurs du compte interagissaient avec un autre compte qui s'appelait VIVE MARINE, qui lui, galvanisait les sympathisants d'extrême droite en retweetant notamment les publications de ISLAM MON AMOUR. Ces échanges entraînaient ainsi volontairement une situation de chaos montée de toutes pièces puisque les deux comptes étaient pilotés par la même personne, ou le même groupe. Ces deux comptes qui s'autoalimentaient en contenus pouvaient être sûrs de toucher les deux extrémités du spectre politique et idéologique, chaque compte parlant à sa propre sphère d'abonnés, que tout oppose.

Une nation qui passe son temps à s'entretuer n'est pas une nation qui progresse. Si la polarisation des opinions est totale, on fait du sur place, d'où l'utilité et l'efficacité de cette stratégie sur le long terme. Les différents acteurs étatiques s'adonnent à ce genre de pratiques sur les réseaux sociaux pour mener à bien leurs campagnes de déstabilisation politique. Ce genre d'opération s'appelle une psy-ops. Elle a pour but de planter une graine dans la tête d'un internaute lambda, puis subtilement d'arroser le semis afin de faire fleurir une idée florissante qui, sur un terreau totalement artificiel, lui paraîtra réelle puisqu'elle germera de lui-même.

Lorsqu'on réalisera que les données de quatre-vingt-sept millions d'utilisateurs de Facebook ont été exploitées par Cambridge Analytica, la société chargée de la gestion et de l'exécution de la stratégie numérique de Donald Trump, afin de gagner l'élection, on comprendra peut-être qu'Internet peut élire des présidents, mais aussi les détruire.

Puisque Trump dépensait un million par jour sur Facebook, il est logique que Facebook ait joué un rôle majeur dans son élection, tout comme Twitter, où il est dans le Top 10 des comptes les plus suivis. En l'occurrence, cette numérisation de la politique, qui s'applique aux États-Unis, s'applique également à la France à une échelle moins importante.

La prochaine guerre mondiale a déjà débuté. C'est une guerre d'information, ou plutôt de désinformation. Et si tu ne me crois pas, c'est qu'ils ont déjà gagné.

On est toujours plus critique envers les idées auxquelles on n'adhère pas.

Ils ont déjà réussi à te faire croire que ce que tu es en train de vivre est acceptable.

Grâce à ce tweet me menaçant, une armada de comptes a pu être découverte. Ils ont tous essayé de faire monter les votes de Marine en salissant l'image d'une religion. À défaut de proposer un programme, il est plus simple de faire peur aux gens.

La propagande s'est numérisée, ubérisée. Elle a su trouver sa place sur un écran. La menace est fantôme et elle plane partout. Surtout en politique, sphère dans laquelle les réseaux sociaux occupent une place si vitale que Twitter, Facebook et Instagram, les deux derniers étant contrôlés par la même personne, privilégient les personnalités politiques simplement car elles leur garantissent une source majeure de création de contenus. Un tweet de Donald Trump et c'est le NASDAQ qui s'enflamme, la *sextape* d'un politique et c'est toute la France qui s'emballe, et ainsi de suite, alimentant un cercle vicieux dans lequel tout le monde est gagnant. Sauf nous.

Jeune Michel Drucker voulait savoir pourquoi ce compte, qui jusqu'à présent était camouflé dans la pénombre, avait pris la peine de me menacer, mettant en péril la discrétion de son opération. Je pensais que Jeune Michel Drucker connaissait déjà la réponse, je lui dis que c'est la faute de Princesse Data, du *K*, de Celle Dont On Ne Doit Pas Prononcer Le Nom, ou tout du moins de son carnet d'adresses. Confus, il me fixe du regard avant de m'avouer qu'elle n'existe pas, que c'est une voix dans ma tête, ce qui est tout juste impossible puisque je me souviens d'elle comme si c'était hier. Elle n'existe pas dans sa réalité mais dans la mienne, oui. La réalité de l'un, c'est la folie de l'autre. Si Jeune Michel Drucker connaît si bien ma vie, et il a l'air de la connaître sur le bout des doigts, il sait que tout est réel car la seule raison de ma venue à Tel-Aviv est mon argent, que j'ai gagné avec elle.

Après cette incompréhension surréaliste, je lui demande s'il n'a pas peur que je puisse parler de cette tentative d'approche nocturne peu conforme, que notre conversation soit relatée. Il me répond que, de toute façon, personne ne me croira, puisque cette conversation n'a jamais eu lieu.

Et il a raison. Je suis un produit. Un produit de ma dépression et du rejet de la société, un jeune juif errant tentant vainement de montrer qu'il est dans le vrai, dans un océan de faux, broyé par l'algorithme. Personne ne va me croire, et c'est pour cette raison précise qu'il me parle.

La vérité est morte depuis qu'Internet a entraîné une « polarisation de la réalité ». Rien n'est vraiment vrai, et rien n'est vraiment faux. À force de gommer la ligne qui sépare deux entités, elles finissent par ne devenir qu'une. On fait tendre l'une vers l'autre jusqu'à inévitablement rendre impossible la distinction entre les deux, l'une se fond dans l'autre au point d'être interchangeable, voir fusionnée, dupant ainsi même le plus fin des observateurs. Du coup, plus le vrai ressemble au faux, et plus le faux ressemble au vrai, le référent initial a disparu, l'autorité supérieure, la ligne qui te permettait de distinguer le noir du blanc, le vrai du faux, le 0 du 1 n'existe plus.

Cette disparition de la vérité entraîne la création d'un choix à faire, choisir entre croire et douter. Croire en une idée ou à une histoire, sans pour autant ne jamais s'assurer de sa véracité, ou bien choisir de douter, justement à cause de ce manque de véracité, quitte à ne croire en rien.

Entre réel expérimenté, vécu, pensé et modélisé, quelle continuité permet de faire un monde commun ? Internet est un lieu de partage dans lequel ce que chacun peut exprimer de lui est en partie semblable pour l'autre, mais face à l'algorithme, face à la mathématisation de l'action, l'être humain n'est plus qu'une statistique. La modélisation semble prête à remplacer le réel, comme si la simulation nous avait rattrapés. Moi le premier. Ce décalage produit un mal-être et une perte de contrôle sur la direction que prend la vie.

L'investissement dans un profil, un *persona* qui se forme et qui façonne aussi son aventure sur Internet, finit par engendrer une expérience distincte, un décalage inévitable entre l'écran et la vie.

Lorsque l'information est contrôlée, c'est qu'elle est dirigée par des grands méchants loups s'étant donné pour mission de filtrer ce qui est partagé. Que ce soient des choix conscients, comme le travail effectué par le journaliste qui sélectionne avec soin ses titres racoleurs, ou l'algorithme qui est chargé de nous suggérer du contenu. À partir de cet outil, la direction prise par l'utilisateur est influencée vers certains contenus, la logique principale réside dans la pertinence des contenus proposés, ou plutôt les contenus qu'on impose à l'utilisateur et qu'il s'imagine choisir. Ce flux incessant de suggestions détermine arbitrairement un chemin à prendre. Il conditionne les directions individuelles. Les algorithmes ont cette tendance à la fois à l'exacerbation de certains traits et à la mise en silence de nombreux autres. C'est un semblant de curiosité qui fait croire que l'on s'intéresse à quelque chose de nouveau, que l'on n'a pas encore vu, mais qui n'est qu'une reproduction de ce que l'on pense déjà. Ainsi enfermé à tout jamais dans une case définie par ses clics, on détruit la possibilité de la curiosité, la vraie, pas celle suggérée ou recommandée.

– Dis-moi, c'est quoi qui t'animes ? Qu'est-ce que tu veux vraiment ? Pourquoi venir à Tel-Aviv ? Tu veux pas en finir et te ranger ?

Perdu dans mes pensées, ça fait longtemps que j'ai pas parlé. Jeune Michel Drucker a dû le remarquer. J'en ai marre de penser.

Pour avoir des idées qu'on n'a jamais eues, il faut se confronter à une réalité qu'on n'a jamais reconnue. J'en ai marre de ma réalité.

Les recommandations de mon algorithme sont faussées, il subsiste comme un arrière-goût de *déjà-vu.*

Jeune Michel Drucker a posé une question très juste. Ce que je suis en train de faire ne mène à rien, ce n'est pas une dizaine de bitcoins qui me rendra heureux, mais si je continue comme cela, je risque de rester malheureux encore un bon moment. Pourtant, je continue à passer trop de temps devant un écran. Je suis prisonnier de l'instrument de ma liberté. Ai-je été créé pour coder ou pour pleurer ?

J'étais déjà face au vide concernant le potentiel hack de Facebook, recroquevillé sur un rebord, je guettais les abysses en ayant peur de glisser.

Jeune Michel Drucker vient de fracasser mon algorithme, le *persona* que j'ai créé pour lui n'aura même pas survécu une heure. Il sait pertinemment que personne ne me croira, il m'a démasqué, alors à quoi bon faire semblant ?

Autant sauter à pieds joints dans le vide. Chassez le naturel et il revient en 5G.

Fut un temps j'étais terrifié par le vide. Je suis un juif terrestre, j'aime le sol. J'ai le vertige facile, qu'est-ce que je peux y faire, Seigneur ? J'avais peur de chuter, de glisser, que quelqu'un me pousse, bref, j'avais peur de tomber. Mais il s'est avéré qu'avec l'argent sont venus les beaux hôtels avec balcons, vues d'aubes irradiantes et de crépuscules incandescents. Malheureusement, l'argent ne permet pas de prendre du recul, seulement de la hauteur, je ressens de plus en plus cet appel du vide à force de commencer à côtoyer les cimes.

J'avais peur de tomber, désormais j'ai peur de me jeter. Il me happe, il m'appelle, plus je passe du temps près de lui et plus je le considère comme un bon compagnon de solitude. Apaisé, j'en viens à douter de l'apesanteur, si je saute, vais-je vraiment atterrir au cimetière ?

Jeune Michel Drucker vient de me rappeler que ma place est dans les tréfonds, dans les abysses, à errer dans les ténèbres. Ce que je suis en train de faire n'a aucun sens. Venir jusqu'à Tel-Aviv, m'exposer, j'ai pris des risques, et si je me retrouve au cœur d'événements qui me dépassent, c'est sans doute que ça va mal finir pour moi. J'ai rarement eu des regrets, jusqu'à ce moment-là.

Je devrais peut-être m'arrêter ici, Internet a massivement décuplé le champ et la nature des « métiers » possibles. Pour la plupart des gens, c'est toujours incompréhensible. Donc j'ai gagné des sommes incompréhensibles. Lire va plus vite que d'écouter. Faire va plus vite que de regarder. Pourtant, tout le monde écoute et regarde, personne ne lit, personne ne fait. Gagner de l'argent n'a jamais été aussi simple, c'est presque de la triche. Et là, je dois me confronter au videur du casino, il s'est rendu compte que je comptais les cartes. Il me présente l'amende. Elle est très salée. Un peu trop ?

Et si Jeune Michel Drucker était au courant pour le bug de Facebook ? Mais si c'était le cas, pourquoi douter de l'existence de Princesse Data ? Serait-il en train de faire de la psychologie inversée de comptoir de bar PMU pour m'inciter à imploser ? me ranger ? Il doit sentir que ma tête et mon cœur dysfonctionnent. Son plan a marché. Plus j'y pense, plus je me demande ce qui me retient vraiment de faire l'ultime saut. Après tout, il n'y a rien d'illégal à première vue. J'exploite une fonctionnalité proposée par Facebook, et une négligence de leur part. Tout dépendra de ce que je décide de diffuser, et sur quel média, mais c'est décidé, je ferai ce hack.

D'habitude, si je jette de l'argent par la fenêtre, c'est pour le péage de Deauville. Mais à grande occasion grande dépense, donc dès que je pourrai enfin quitter cette salle trop anxiogène à mon goût, une réflexion à tête reposée sera entamée sur un lit douillet dans une chambre d'hôtel luxueuse bien méritée.

En m'approchant, Jeune Michel Drucker voulait sans doute savoir si je pouvais, ou si je voulais, devenir un pion sur son échiquier. Un échiquier totalement différent du mien. Qui plus est, je viens d'avancer d'une case, pourquoi faire marche arrière ?

Une demi-heure, et quelques questions déguisées sous forme de banalités plus tard, Jeune Michel Drucker décide finalement de me laisser tranquille et de me raccompagner à la zone des taxis à l'extérieur de l'aéroport.

Rabbin des toits

J'adore Tel-Aviv la nuit. Le temps, la plage, la mer, les femmes, les chats, et surtout, on mange à sa faim et on boit à sa soif. J'ai demandé au chauffeur de me déposer sur Balfour Street. Une fois mes affaires déposées à l'hôtel, je suis rapidement sorti afin d'apprécier le restant de la nuit à traîner dans les rues de la ville. Non loin du souk se trouve un magasin d'informatique, dont je tairai le nom, ouvert vingt-quatre heures sur vingt-quatre, tous les jours, sauf Shabbat. La boutique est tenue par une de mes connaissances, Kash, un Pakistanais qui, pour une raison que j'ignore, s'est retrouvé dans sa jeunesse bloqué en Érythrée, à cause de la guerre, sous le diktat d'un Dieu Empereur Roi Tout-Puissant quelconque, avant de rejoindre Tel-Aviv. Choix judicieux que quarante mille Africains ont imité ces dernières années en fuyant le Soudan ou l'Érythrée pour ouvrir leurs perspectives d'avenir.

Kash, c'est comme l'armurier de James Bond, celui qui fournit l'agent 007 en armes, accessoires et gadgets nouvelles technologies futuristes qui régalent la rétine des aficionados du septième art. Si j'apprécie Kash, c'est pour sa confidentialité et son professionnalisme. On peut le payer en cash ou en cryptomonnaie, ce qui favorise l'anonymat, il dispose d'un inventaire tellement diversifié que j'apprends des choses à chaque fois que je mets un pied dans son magasin. Aujourd'hui plus que jamais je compte sur lui.

Lors de ma dernière venue dans sa boutique, je lui ai confié mon portefeuille physique bitcoin pour qu'il puisse le garder à l'abri le temps que je vienne le récupérer, contre une compensation financière, évidemment. Grâce à la perfection de la blockchain et à la sécurité qu'elle fournit, il était impossible pour Kash de voler mes bitcoins, puisqu'il ne dispose pas des douze mots de récupération, il ne pourra pas restaurer mon portefeuille. Une confiance technologique et humaine. En réalité Kash est l'une des seules personnes en qui j'ai une confiance relative, il ne m'a jamais déçu, sa marchandise est excellente, sa bouche est scellée, et il n'y a rien qu'il ne fasse mieux que de recompter des billets. Autrement, pour aujourd'hui, je n'ai besoin que d'un téléphone, n'importe quel smartphone fera l'affaire. Je dois simplement vérifier que Jeune Michel Drucker se trompe, que Princesse Data existe bel et bien, et pour se faire, il faut que je me connecte au réseau WiFi de l'hôtel Rothschild, en espérant que 12345678 soit le mot de passe. Si c'est le cas, cela confirmera que je ne suis pas totalement fou, ce qui est toujours une bonne nouvelle à prendre. Je pourrais ensuite avoir le temps de préparer mon hack.

Quelques billets plus tard, que Kash a recomptés, évidemment, j'arpente à nouveau les rues de Tel-Aviv. Après avoir traversé le souk, je me retrouve enfin sur le boulevard Rothschild, prêt à en découdre avec mon algorithme. Faites que le mot de passe fonctionne, Seigneur, faites que je ne sois pas fou.

Une fois à l'intérieur de l'hôtel, je m'installe confortablement sur l'un des longs canapés du lobby. Le réceptionniste derrière l'accueil est littéralement dans un profond sommeil. Affalé sur son siège, le visage vers le ciel, il s'est assoupi sur son lieu de travail, j'en viens à douter de mes yeux et de ma réalité, mon algorithme est-il en train de me troller ?

Téléphone allumé,
réseau WiFi détecté,
l'heure de vérité,
mon pouce droit fera-t-il de moi un roi ?
12345678.
Connexion établie.

Le K existe, je suis rassuré. J'avais presque fini par douter, Jeune Michel Drucker aurait pu se trouver à l'épicentre de tout ça, il aurait pu être l'instigateur de ma folie et s'amuser avec mon esprit, mais Princesse Data en aura voulu autrement. J'espère pouvoir lui reparler un jour. Quel média aurait-elle voulu hacker ?

Direction mon hôtel.

Dans le même immeuble, se trouve au onzième étage le consulat français de Tel-Aviv. Paradoxalement, c'est peut-être l'un des immeubles les moins sécurisés de la ville. Au dernier étage, un rooftop abrite un bar très prisé, ouvert tous les soirs jusqu'au petit matin. En journée, cet espace de deux cents mètres carrés à ciel ouvert est à l'abri de toute effervescence, excepté la présence du personnel qui s'occupe de redonner vie au lieu pour le soir même. C'est un petit coin de tranquillité près de nuages, qui tutoie le charme des plus belles vues de la ville. Ajoutez à cela une connexion internet, un peu de soleil, et cela donne le parfait endroit pour passer des après-midis à coder. Le soleil se lèvera dans quelques heures. Si je me dépêche de rentrer, j'aurais peut-être le temps de manger un shwarma-tehina-laffa sur le toit.

La soirée du bar est presque finie, les convives qui raffolent de ce lieu huppé ne verront jamais les éclats de verre qui jonchent le sol, la boisson les protège. Ils ne verront pas non plus le ballet de genoux qui s'entrechoquent dans le froid pour une photo Instagram, et n'entendront pas le bruit du vent sur leurs visages angéliques. Ils souffrent pour leurs abonnés, et lorsque leur soirée s'achèvera, la mienne débutera.

Pour accéder au bar sur le toit, deux entrées possibles. La première, la classique, avec physio et sécurité. La deuxième, au cinquième étage de l'hôtel, dix mètres plus loin, permet d'accéder au bar grâce à un ascenseur connecté, sans que personne ne s'en rende compte. Sur les coups de six heures du matin, exténué, les pieds ensanglantés, la tête hâlée, l'esprit hanté, je parviens enfin à atteindre cet ascenseur. Une fois arrivé au sommet, le bar était en train de fermer, personne ne danse, et le staff peut enfin dîner.

J'adore les hôtels. Entre autres, parce que je ne paye que rarement : courtoisie d'un bug de plus dans la matrice, celui des plateformes de réservation en ligne, qui peut faire le bonheur de certains voyageurs. La plupart des sites de réservation d'hôtellerie en ligne proposent un système de récompenses à crédit, en fonction de la somme dépensée sur ledit site. Une fois un certain montant atteint, un code coupon est généré. Appliqué, il offre une réduction au client qui l'utilise lors de sa commande. La réduction dépend du montant dépensé, j'ai déjà vu des coupons à cent euros comme à mille deux cents euros, car la plupart de ces réductions sont destinées aux grandes multinationales qui déplacent leurs employés sur la mappemonde à une échelle globale. Le problème, c'est qu'en scannant le serveur de ces plateformes type Expedia, par exemple, des personnes relativement mal intentionnées comme *le K* se sont aperçues de l'existence de ces codes promotionnels. *Le K* a essayé d'en profiter en revendant sur les darknet markets de l'époque les coupons avec un tarif défiant toute concurrence, pour le tiers de la somme du coupon. Par exemple, le coupon de cinq cents euros de réduction pouvait s'acheter pour la somme de cent cinquante euros, et à ce prix, n'importe qui peut s'offrir un séjour décontractant dans un hôtel. La concurrence, elle, proposait des voyages tous frais payés pour la moitié du prix affiché sur le site marchand en utilisant des cartes bancaires volées, ce qui était d'une simplicité égale au bug trouvé par les équipes du *K*, mais bien plus risqué. Risqué pour le client, aussi, qui en laissant ses informations personnelles pour le vol et l'hôtel, devenait complice d'un délit bancaire qui dépassait largement son envie initiale de prendre des vacances sans pour autant se ruiner. Certains acheteurs se sont même fait arrêter à l'aéroport, la compagnie aérienne refusant de laisser embarquer les passagers car leur paiement était bloqué par la banque, qui avait reporté à temps la fraude.

Néanmoins, avec la récente découverte du bug, ce problème n'existe pas, puisque c'est le site marchand qui assume la réduction et libère donc le client de tout risque ; l'hôtel sera payé en intégralité, simplement pas par lui, mais par la plateforme qui génère ce coupon, et qui ainsi, perdra de l'argent dans cette affaire.

Impossible toutefois de gratter sur le billet d'avion, mais au moins, vous avez la tranquillité d'esprit, tout se passera comme prévu, et tout ça grâce à un code coupon que n'importe qui aurait pu trouver, aucun délit commis, au pire du pire, coupable d'être malin.

Dans les faits, personne n'a acheté ces codes coupons. L'offre paraissait trop belle pour être vraie, personne n'avait confiance, le prix était trop bas, et concrètement, personne ne croyait à l'histoire du code coupon, les potentiels clients devaient s'imaginer que c'était une énième utilisation de cartes de crédit volées, évaporant ainsi les centaines de bitcoins qu'aurait pu gagner *le K* grâce à cette idée. Qui plus est, lorsqu'elle avait trouvé ce bug, on était encore en 2016, elle aurait eu le temps de gagner un million ou deux ; au moment où j'écris ces lignes, j'en profite encore puisque j'ai payé ma chambre de ce soir avec un coupon. Bien mal acquis ne profite jamais, sauf pour ceux qui savent en profiter.

Et puisqu'il était impossible de vendre ces coupons, nous avons décidé de les utiliser pour nous-mêmes. À Paris, mon QG était l'hôtel Prince de Galles, un abus total : un coupon de cinq cents euros ne m'octroyait qu'une seule nuitée, et je devais régler les taxes de l'addition, même quand c'est gratuit, c'est payant. Autrement j'ai utilisé ces coupons à l'étranger, un coupon par hôtel, jamais plus de trois nuits dans le même hôtel, on ne sait jamais.

Les sites marchands pourraient sans doute s'apercevoir qu'une centaine de personnes se logent quotidiennement dans des hôtels luxueux sur leur dos, mais pour cela ils devraient arrêter d'arroser les milliers d'employés de grands groupes qui utilisent également ces coupons. Au final, l'addition est similaire à d'habitude pour eux, un peu plus dans le rouge, certes, un peu plus saignante, mais c'est le prix pour une viande. Je suis une vague de plus dans la mer. Mer que j'aperçois désormais depuis le toit de l'hôtel, quelle justice.

Une femme fume une cigarette près de la rambarde, appréciant probablement la beauté de la vue. Je m'installe à l'opposé d'elle dans un canapé et je m'écroule en paix. Sous le coup de la fatigue, pour la première fois depuis longtemps, j'ai l'impression d'être libre. Les yeux fermés, le vent tiède me réchauffe comme un plaid. Une lumière intense finit par me réveiller. Elle persiste une fois les yeux ouverts. Celle du soleil chaud qui gagne du terrain sur cette nuit d'Arabie. La femme à la cigarette est désormais affalée dans le canapé en face du mien, elle sirote un cocktail coloré. Devant elle sur une table basse se trouve un ordinateur. On dirait le mien, bizarre.

– Alors c'est quoi le plan pour Facebook ?

Suis-je en train de rêver ou vient-elle de m'adresser la parole ? Est-ce que cela pourrait être elle ? Mon algorithme est-il en plein bug ? Jeune Michel Drucker m'aurait-il joué un tour en m'envoyant une très jolie femme pour me piéger ?

Impatiente, elle me fixe du regard comme si elle attendait une réponse depuis une vie, visiblement agacée.

– Écoute Ani, t'as un choix à faire là, tu peux récupérer l'argent, ou bien me rejoindre pour le bug de Facebook.

Elle connaît mon nom ? Comment a-t-elle pu trouver mon hôtel ? M'aurait-elle suivi depuis l'aéroport ?

Deux hypothèses : la première, elle travaille pour Jeune Michel Drucker, me suit discrètement depuis ma sortie de l'aéroport, ce qui expliquerait pourquoi elle connaît mon nom et l'existence des bitcoins, en revanche, impossible d'expliquer comment elle pourrait être au courant pour le bug de Facebook. Encore moins d'un plan.

La seconde hypothèse, c'est que ça soit elle qui se tienne là, Celle Dont On Ne Doit Pas Prononcer Le Nom, plantée en face de moi attendant une réponse. Et à y regarder de plus près, c'est bien mon ordinateur qu'elle tient dans ses mains devant moi.

– Tu vas dire quelque chose ?

Ma version de ma réalité est-elle en train de me jouer un mauvais tour ?

Si je devais me tendre un piège, cela serait le piège parfait, et si Jeune Michel Drucker devait me piéger, il m'aurait sans doute fait quelque chose de similaire.

Je ne peux pas lui faire confiance. Croire ou douter ? Que faire ?

– Tu peux pas tout avoir, il faut faire un choix.

– Comment tu t'appelles ?

– Kristina.

Elle esquisse un sourire. Je dois choisir. Le château de mon père ou la gloire de ma mère ?

– Bon, on le fait ce hack ?

Merde. Je crois que c'est Princesse Data.

RÉALISATION : NORD COMPO À VILLENEUVE-D'ASCQ
IMPRESSION : NORMANDIE ROTO IMPRESSION S.A.S À LONRAI
DÉPÔT LÉGAL : MAI 2020 N° 141389 (2001158)
IMPRIMÉ EN FRANCE